DRONERS
Geschichten aus Nuï

Sylvain Dos Santos
Szenario

Nicolas David
Szenario und Zeichnung

INHALT

Prolog 3

Kapitel 1 10

Kapitel 2 31

Kapitel 3 51

Kapitel 4 71

Kapitel 5 91

Kapitel 6 111

Kapitel 7 131

Kapitel 8 151

Nachwort 172

Eine mitten im Ozean verlorene Insel, Heimat weniger Hundert Seelen...
Unsere Geschichte beginnt hier auf Nuï.
... und eines kleinen Mädchens namens Corto.
Aufwachen, dadrinnen!
Ich habe dir was mitgebracht!
Taoraa!
Taoraa!!!
KIKERIKIIII
FLATTER FLATTER
KIKERIKI
Hallo, Corto!

Was führt dich her?

Da ich heute Nacht mein Licht angelassen habe, habe ich dir einen Muffin gebacken, damit du deine Kräfte wiedererlangst.
Papa hat mir erklärt, dass unsere elektonischen Geräte dank dir funktionieren!
Ich werde ihn gut nutzen.
Danke, Corto, stell ihn dahin!
Du isst ihn doch, oder?
Okay.
Oh...
Wie aufmerksam!
?
Was ist das für...

WUUMM
... ein Lärm?

Ha!
Wir lassen uns nicht unterkriegen!
Pock
Sie überfallen unsere Insel!
Außerirdische!
Alles okay, Corto!
Das war ein Warnschuss!
... dem Retter von Terraqua...
Das ist das Luftschiff von Herrn Whale...
Das ist ja größer als Nuï selbst.
Wie schafft er das, so ein Riesending zum Fliegen zu bringen?
... und Schöpfer aller G.EN.I.ES. wie mich.
... wieso rettet er unsere Insel nicht vor dem Wasseranstieg?
Und wenn er so stark ist...

Die Welt ist riesig, Corto. Und Nuï...
... ist eine winzige Insel im Ozean, von deren Existenz er wahrscheinlich nicht mal weiß.
Doch ich bin sicher, sobald er von unserer Situation erfährt...
... wird er etwas unternehmen.
TA TA TA
Heee!
Sie da oben! Herr Whale!

Herr Whale!!!
Kom-men Sie zurück!
Wir brau-chen Sie!

DRONERS

GESCHICHTEN AUS NUÏ

Kapitel 1

Sechs Jahre später ...
Das Dorf Auhopu, Ostküste von Nuï
Guten Morgen, Frau Bürgermeisterin!
Wen haben wir denn da?
LUCIE
Älteste der Insel und Bürgermeisterin von Auhopu
Klack
Klack

TUT TUT!
Heiße Ware!
Liefe-rung im Anflug!
Jetzt reicht es...
Wie oft soll ich dir noch sagen, hier nicht mit deiner Drohne vorbeizu-fliegen?!
WUSCH
Wupps
Schnapp
Du wirst was er-leben!
Ich muss weiter, Frau Bürger-meiste-rin!
Ich habe eine Liefe-rung!
KAU

Na, lief der Fischfang gut?
Lief super, Corto!
Macht lieber leckere Milch!
Wie läuft´s, Wiederkäuer?
Und jetzt wieder zurück nach Hause!
Perfekte Kurve!
Ziel in Sicht!
Paketabwurf!
Ich komme!
Halte dich bereit, Enki...

Und hopp!
Bip
Nächstes Mal liefere ich noch schneller!
Also bestellen Sie schnell bei uns, Frau Falbala!
Corto !!!
CORTO
Drei Minuten und fünf Sekunden!
Das ist Rekordzeit!
ENKI
He, he, nicht übel!
Aber ich hab's besser drauf!

Ich hatte gerade Frau Falbala am Telefon!
Sie ist fuchsteufelswild!
Ach ja?
GATO
Inhaber des Lebensmittelladens von Auhopu
Die Hälfte der Eier sind zerbrochen!
Wie oft muss ich dir noch sagen, mit der Liefer-Drohne keine Rennen zu veranstalten?
Du kannst so viel rasen, wie du möchtest, wenn du dir deine eigene Drohne leisten kannst!
Okay, Paps...
Mit dem Taschengeld, das er mir gibt, werd ich nie Rennen fliegen können.
Hätt ich doch nur eine Drohne ...
Dann könnte ich mit Loopi und den anderen zusammen fliegen...

Fertig!
Schau mal, Corto!
Hier hast du deine Drohne!
Ich hab sie Maroro genannt!
He, voll cool!
Funktioniert sie denn?
Na, logo!
Sogar auf dem Wasser! Wie findest du sie?
Ich meine, wir sind zu pleite, um sie herzustellen.
Hm.
Hier, bitte! Die Zeitung!
Hopp

BAMM
DZZZ
Und du nennst dich einen Lieferanten?!
Also ...
Wo ist es?
Aha, hier!
»Whale Corp. präsentiert einen neuen G.EN.I.IE., der von einer neuen, nie gesehenen Drohne begleitet wird!«
FITSCH

Unglaublich!
Whales Team wird damit sicher wieder die Saison gewinnen.
Oh, wie gern würde ich mit einem G.EN.I.E. fliegen...
Die Profis haben Glück...
Die Hoffnung stirbt zuletzt.
Eines Tages werde ich auch...
... für Herrn Whale fliegen!
Und...
... ich werde Nuï in der ganzen Welt berühmt machen!
Das kann nicht wahr sein!
Papa?
Wieder eine Störung?
WUIIII
Taoraa fällt heute ständig aus...

Ah! Läuft wieder!
An die Arbeit!
Die Uferkratzer waren schnell!
Man kann von ihnen behaupten, was man will...
... aber sie sind verdammt effizient!
...
Taoraa...

NEITHA
Ingenerd der Uferkratzer
WISEMAN
Mechaniker der Uferkratzer
Der rechte Flügel war nur etwas schief.
Wise kriegt das gleich wieder hin.
Hm.
Wie weit seid ihr, Leute?
Wir liegen in der Zeit, Vago.
Deine Drohne ist gleich bereit für das Rennen.
Gib ja dein Bestes, Vago...
Auhopu nähert sich gefährlich den 100 Siegen, lass ja nicht zu, dass wir sie entehren!
Und...
Ich habe übrigens ein nettes Sümmchen auf dich gewettet...
Und wenn ich gewinne, zeige ich mich erkenntlich...
Du verstehst schon...
91 - 98
PONK

Glaubst du, ich mach das für das Geld?
Ich mache das nicht für mich, sondern für die Ehre des Ruto-Clans!
VAGO
Sohn des Anführers des Ruto-Clans, Hauptpilot der Uferkratzer
Und um Loopi zu beweisen, dass ich besser bin als sie.
Das ist was Persönliches.
Sag mal...
Wer sind die zwei Pinguine bei den Bewohnern von Auhopu?
Ihre Fratzen sagen mir nichts.
Das müssen die Teach-Tech-Rekrutierer sein, die eine Runde durch Tuamotu machen.
Sie suchen anscheinend nach neuen Talenten.

Sie sollen sich nach Loopi erkundigt haben...
...
Pf.
Sie werden diese Reise nicht bereuen...
... wenn sie sehen, wie Loopi von der Tech-Konkurrenz in den Hintern getreten wird.
Chill mal, Vago!
DUGU DUGU
DUGU
Letztes Mal hatten sie Glück.
Heute zeigen wir ihnen, wer hier das Sagen hat.
DUGU DUGU
Waah ...
Loopi ist unglaublich.
WOOD
Zweiter Pilot der Uferkratzer
DUGU

Vielleicht wird sie gesponsert...
Der erste Schritt zum Profi.
Dann wären wir allerdings in verschiedenen Rennställen...
... und würden eines Tages vielleicht gegeneinander antreten.
Da ist sie!
KI KIKI KI
DZZZ

LOOPI
Hauptpilotin des Auhopu-Teams
Endlich bist du da, Loopi!
Wir haben ein Problem!
Wir müssen unser Bestes geben!

Der Idiot Romeo ist seit gestern Abend unauffindbar!
Wir haben ihn überall auf der Insel gesucht!
CLOE
Ingenerd des Auhopu-Teams
JON
Mechaniker des Auhopu-Teams
Und Jon kriegt Panikzustände.
Was sollen wir tun, Loopi?!
WUPP WUPP WUPP
Das ist echt scheiße!
Keine Chance, dass der Sponsor uns aussucht!
Wir sind hier am Arsch der Welt!
Aaah, das kann doch nicht sein!
Was nützt es, sich einen kräftigen Körper anzutrainieren, wenn er beim ersten Problem zusammenbricht?
...

Hört alle gut zu!
Will jemand fliegen?
Hä?!
Ha Ha Ha!
Sie ist klasse!
Was ist los mit dir, Loopi?!
Die stemmen keine Gewichte!
Sag's ihr, Cloe!
Immer noch besser als zwei gegen einen.
Sie hat recht.
Ohne mich! Ich kenn die Uferkratzer.
Das ist ein Trick, um meine Drohne in Stücke zu reißen!
Jetzt geh schon!
Zeig ihnen, dass du besser bist als Vago!
Er hat echt Glück, dass meine Drohne heut hinüber ist...
Na los...
Ein wenig mehr Mut...

GNNNN
Corto ...
Ich weiß, was du denkst ...
Und es ist keine gute Idee!
Mit einer Liefer-Drohne kommst du gegen deren Geschosse nicht an...
Und wenn du das Ding schrottest, wird dich dein Vater nie wieder fliegen lassen!
Lass es sein, Loopi...
Benutz doch endlich mal deinen Kopf!
Loo...
Loopi!

Ich kann deine zweite Pi- lotin sein!
?

DRONERS SPEZIAL-STECKBRIEF

CORTO

* Oromos

Alter: 10 Jahre

Vorlieben:
Fliegen, Recht haben, Oromos

Abneigungen:
warten, verlieren, Meeresfrüchtesalat
Im Anime ist sie ein paar Jahre älter als im Manga, aber sie ist dennoch wie ein sturer Raubfisch und stürzt sich auf jede Gelegenheit, die sich ihr bietet!

Sylvain: Cortos Pilotenbrille ist von polynesischen Tikis inspiriert. Bill Otomo, der Grafikdesigner von Droners, hatte eine ganze Reihe von Designs für diese Brille vorgeschlagen, eines cooler als das andere, darunter auch Vorschläge für eine »Komplett-Gesichtsmaske«. Die Version mit dem kleinen Mund, die man im Manga sieht, war unsere erste Wahl für den Anime, aber wir haben das Design schließlich weiterentwickelt. Es ist echt toll, dass Nicolas diese Version beibehalten hat!

Bill Otomo

Kapitel 2

Du bist die Kleine von Gato, oder?
Du...
Ich kümmere mich um die Lieferungen mit der Drohne des Ladens!
Ganz genau!
Ich kann deine zweite Pilotin sein!
Ich bin eine echte Pilotin!
Und ich werde dich nicht enttäuschen!
ZAF
Du bist vor allem eine echte Omelett-Lieferantin!
Lass gut sein, Corto!
Ha Ha Ha!
HA HA
HA HA HA
HA HA HA
Hör nicht auf sie, Loopi!
Los, setz dich, Kleine!

Es stimmt, dass sie nur selten heile Eier liefert...
Aber was das Tempo angeht...
... kann ihr kein anderer Lieferant das Wasser reichen!
Enki ...
Ist nicht so, als dass ich eine Wahl hätte.
...
Na los, komm her...
Ich weis dich kurz ein.
Ich ...
Ich komme!
Keine Sorge, Enki...

Mag sein, dass es ein olles Ding ist...
... aber niemand fliegt sie besser als ich!
Deine Aufgabe ist es, mir zu helfen, mit Vago alleine zu starten.
Du musst also verhindern, dass Wood dich überholt...
... lange genug, damit wir ein paar Sekunden Vorsprung bekommen!
Genug Vorsprung, um sicherzugehen, dass er uns nicht einholt und ich das Rennen nicht allein gegen zwei fliegen muss.
Schaffst du das?
Ich glaub's nicht...
Loopi spricht gerade mit mir!

Ich werde eine tolle Pilotin, wie du es bist!
Ich werd dich nicht enttäuschen, Loopi!
Ich glaube, das ist der schönste Tag meines Lebens!
Ich werde mit ihr fliegen...
Ah! Ja, ja!
Hörst du mir überhaupt zu?
Ich hab keinen Bock, dass es dunkel wird.
Na? Können wir los?
Wenn du es sagst.
...
Gut.
Nach der Abreibung, die ich dir verpasse ...
Ha!
Hab's nicht so eilig, Staub zu fressen.
Schon gut, Uferkratzer!

... wird nicht Teach-Tech dich mehr sponsern...
... sondern ein Ersatzteillager!
Aha.
Papas Söhnchen ist neidisch.
...
Ich hab wenigstens einen Papa.
Das geht zu weit, Vago!
PONK
Entschuldige dich bei Loopi!
Sofort!
Hä, was?
Und wenn ich's nicht tue?
Halt die Klappe, Jon.

Schon wieder...
Jon geht bei Vago immer ab wie eine Rakete.
Wir müssen sie beruhigen, bevor es ausartet.
Lass sie, ich find's witzig.
Loopi.
Vergiss nicht, dass wir einen guten Eindruck machen sollten.
...
Das reicht, ihr zwei!
Hört auf mit diesen Kindereien!
Ich bin Pilotin!
Wir werden in der Luft abrechnen!
Du hast recht, Loopi.
Ich hab überreagiert.
Ich Esel.
Pf.

Los geht's.
Fiiiiii
KRIK
KRIK
WOOOM
WOOOM
?
KRIK
Du solltest besser fit sein, Franken!
Wir haben ein Rennen zu gewinnen.
Was ist?!
Was willst du, Amboss-fresse?
KRIK
Wuhuuuu!
FRANKEN
Renn-G.EN.I.E.

Sag das doch gleich!
Ich bin Feuer und Flamme!
Wow!
Ich hatte keinen G.EN.I.E. in einem Amateur-Rennen erwartet.
Erst recht nicht an solch einem Ort.
Yeah
Verglichen damit wirkt Loopi wie eine Anfängerin.
Der andere muss ein mittelmäßiger Pilot sein, wenn sie ihn ständig besiegt.
Nicht unbedingt... Es ist eine Amateur-Drohne.
Hierfür einen G.EN.I.E. zu verwenden ist so, als würde man mit einem Moped Raketentreibstoff tanken. Das ist totaler Wahnsinn.
Alle bereit?

Na, warm gelaufen, Wood?
Heiß, nicht warm!
Fertig, Corto?
Schluck
Ja!

97 - 98

Auf mein Zeichen!
10...
9...
8...
7...
6...
5...

Du hast echt was drauf, trotz der Fracht...
4...
Ich sehe deine Drohne ziemlich oft am Kai entlangfliegen...
3...
... also tu, was du sonst tust, dann wird das schon!
Kapiert?
2...
SHAK
SHAK
Los geht's!
1...
Kapiert!
SHAK
SHAK

Das Rennen hat begonnen!!!
Doch Loopi verlangsamt...
Loopi und Vago sind an der Spitze ...
... dicht gefolgt von Wood und der kleinen Neuen!
?!
... und positioniert sich direkt vor Wood!

Vago ist allein an der Spitze!
Er steuert direkt auf den ersten Checkpoint zu!
Loopi will wohl die Gruppe verlangsamen!
Was für ein Spiel spielt sie, verflixt?
Corto...
Auf mein Zeichen setzt du dich vor Wood.
Jetzt!

SHKK
KLINK
Loopi ist an zweiter Stelle!
Corto soll jetzt wohl Wood ausbremsen.
Sie kann jetzt Vagos Verfolgung aufnehmen!
WASH
Erster Checkpoint für Vago bestätigt!
Er hat zwei Sekunden Vorsprung vor Loopi.
Vago, erster Checkpoint bestätigt!

Sehr gut, Corto!
Weiter so.
Aber Corto lässt es nicht zu!
Wood versucht zu überholen!
Sie fängt an, mich zu nerven.

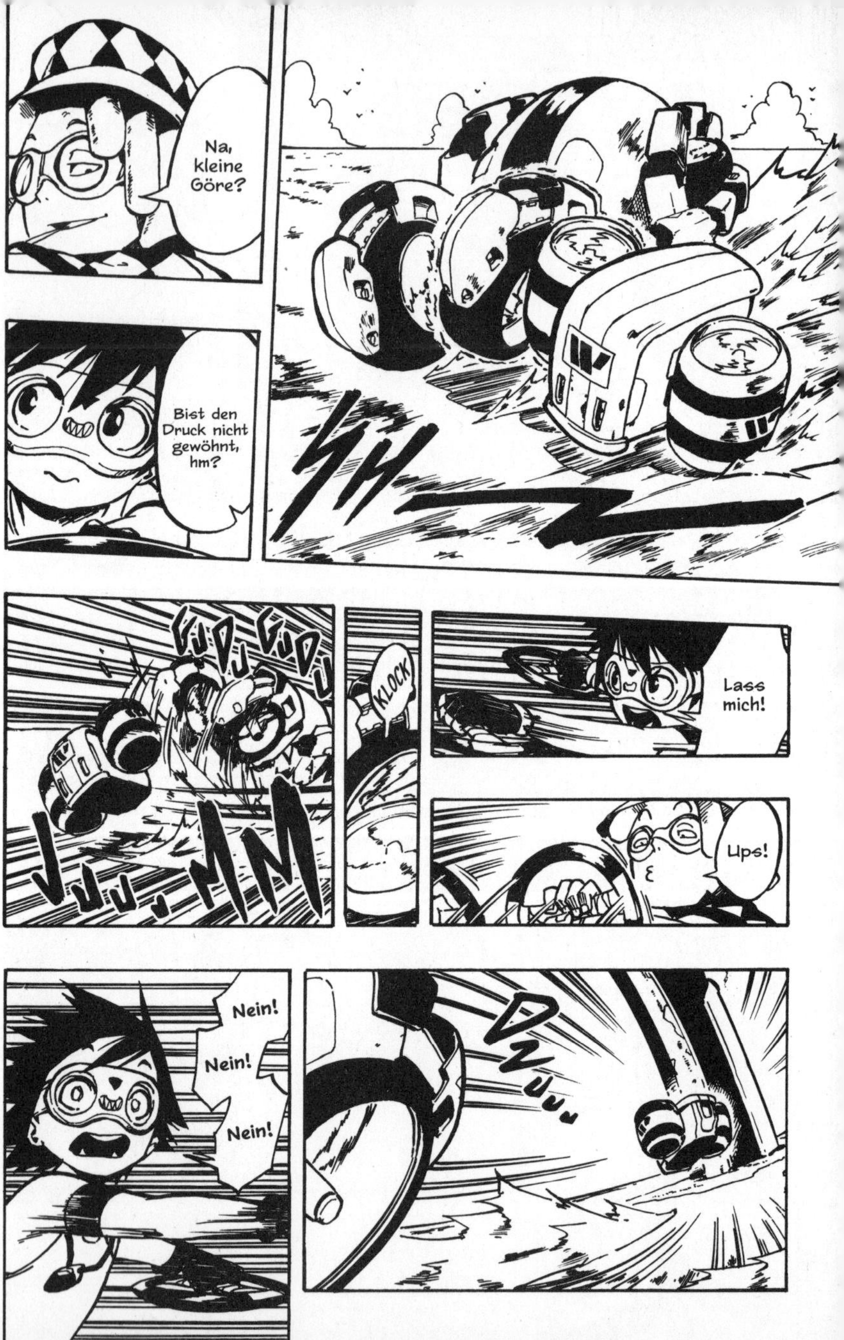
Na, kleine Göre?
Bist den Druck nicht gewöhnt, hm?
KLOCK
Lass mich!
Ups!
Nein!
Nein!
Nein!

Cortos Drohne ist abgestürzt!
Das Rennen geht zwei gegen einen weiter!

DRONERS ENKI

SPEZIAL-STECKBRIEF

Alter: 11 Jahre

Vorlieben:
Drohnen entwerfen, die Natur studieren, gereifter Algenkäse

Abneigungen:
Gewalt in all ihren Formen

Für seine Kreationen benutzt er Bio-Mimetik, d. h., er lässt sich von den Wundern der Natur inspirieren, um sie in technische Spielereien umzuwandeln. Eine Rüstung aus Oromos-Schalen, ein Kleidungsstück, das die Tarnfarben von Vögeln imitiert, an Libellen inspirierte Flügel für mehr Geschicklichkeit...

Sylvain: In den ursprünglichen Skizzen lebte eine kleine Raupe in Enkis Haarpracht.

Kapitel 3

Loopi ist in einer schlechten Lage!
Das Ende des Rennens naht...
... und sie ist noch nicht in Führung gegangen.
Los, Vago, Los!
Die Uferkratzer versperren ihr abwechselnd den Weg.

Loopi kann noch so flink sein.
Aber heute schafft sie es nicht, ihr Ding durchzuziehen.
Inzwischen sind es nur noch wenige Meter zum Ziel.
Der Sieg scheint den Uferkratzern sicher.
Letzter Checkpoint steht bevor.
Vago muss nur noch gerade ins Ziel schießen.
PLATSCH
?

Wa...!
Was für ein Manöver von Loopi!
Sie scheut sich nicht, ihre Drohne nass zu machen, um durch ein Mauseloch zu schlüpfen.
Die Uferkratzer wurden überrumpelt!
Sie hat es geschafft, sich an die Spitze zu setzen!
Super, Loopi!
!

Hey, sachte, Vago!
Das packt die Drohne nicht!
Vollgas, Franken...
Mir schnurzegal!
Tu, was ich sage, Franken!
Wie du willst!
Ha Ha Ha!
Vagos Drohne beschleunigt plötzlich!
Er holt Loopi sofort ein!
Ha Ha Ha!
Du dachtest, du gewinnst, was?!

Ein Rotor ist aus-gefal-len!
Na, toll ...
Öh.
Sch...

DNNN
BBUUM
Loopi hat gewonnen!
Jaaa!
Klasse!
Nun ja...
Scheiße!
Vago gibt einen Frustschrei von sich, bei dem ganz Tuamoto vibriert!
Das reicht!
FTSCH
Du hast's geschafft!
Zwei gegen einen!
Paff
Du bist die Beste, Loopi!
Was für ein Rennen!

Corto ...
Echt toll, die Kleine!
Aus ihr kann was werden!
Stimmt ...
Aber ihr insel-haftes Tem-perament hat's in sich.
Kraa Kraa
Kraa Kraa

Das wird sicher für Aufsehen sorgen.
Das stimmt ...
Glub Glub Glub
Wasserhafen von Tuamotu, richtig?
Volle Kraft voraus!
WUSCH
Tuamotu wird mir fehlen...
Aah...
Wirklich?!
Ich ertrag die Hitze nicht mehr.
Zudem gibt es auf dieser Insel kein Netz!
Brrrr
Hier lebt man ein wenig wie in der Steinzeit!
...
Hä?!

Spinn ich oder ist das ein Whale-Turm der ersten Generation?
Unglaublich!
Schnallen Sie sich an!
Meinen Sie, der funktioniert noch?
Kapitän!
Kehren Sie um!
So ein Mist ...
Wenn ich die Drohne so zurückbringe, wird Papa mich sie nie wieder fliegen lassen...
Und Loopi wird mich auch nie wieder mit ihr fliegen lassen.
Ich sagte ja, es wäre keine gute Idee, Corto...
?
...

Ich gebe zu, ich hätte auf dich hören sol-len...
Pock
...
Hey!
Was hast du...
WRUMMM

Hee!
VRRK
Die gehört mir!
Komm zurück!
WRUMM
Dich krieg ich!
KRRO

CAMP DES RUTO-CLANS
Hallo, Mouse!
Holla...
Umpf ...
Ich lass mir das nicht gefallen!
Mampf Mampf
Grummel
Husch
Hopp, hopp, hopp!

Grund des Besuchs?
Dieses Gör hat mir meine Drohne geklaut.
Und ich will sie wiederhaben.
Mouse ist keine Diebin.
In der Tat...
Diebin ist sicher nicht der richtige Ausdruck!
Das liegt in seiner Natur.
Seht zum Beispiel den Elsterfisch! Wenn er etwas funkeln sieht, kann er nicht anders und muss es stehlen.
»Seiner Natur«, hm?!
Erstaunlich, oder?
Mampf
Mampf

PLUFF
Bei uns gibt es keine Diebe!
Verschwindet hier, ihr Dörfler!
Hallo, Taoraa...

Corto ...
Du siehst traurig aus...
Taoraa ...
Er sieht so schwach aus...
Es ist nichts.
Bloß ein langer Tag.
Möchtest du darüber reden?

»Schon«
?
FLUP
Corto
...
Bin
zurück
...
Da
bist du
ja!
Ich hatte
mir schon
Sorgen ge-
macht.

Hast du bei Enki gegessen?
Du hättest anrufen können, dass du nicht zum Essen kommst.
EMILIA
Mutter von Corto, Geschäftsführerin des Strandladens
Dein Vater hat nach dir gesucht.
Er ist im Schuppen.
Ah...
Er weiß schon Bescheid...
Leb wohl, grausame Welt...
Hallo, Papilein...
Da bist du ja Töchterchen...
Du weißt sicher schon, worum es geht.
Schluck.
Wie oft soll ich dir noch sagen, die Drohne nicht draußen liegen zu lassen?!
Geh sie sofort wegräumen!
?
?

...
RUTSCH
Das ...
... kann nicht sein!

DRONERS DIE UFERKRATZER

SPEZIAL-STECKBRIEF

Die Uferkratzer sind ein Nomadenvolk. Sie reisen mit ihren riesigen Booten von Insel zu Insel, sammeln Schiffswracks und Meeresantiquitäten, um sie wieder zusammenzusetzen oder in Einzelteilen zu verkaufen. Sie sind die Könige der Wiederverwertung und der wertvollen Fundstücke.

Einige Clans, wie z. B. der Ruto-Clan, haben beschlossen, auf bestimmten Archipelen heimische Stützpunkte zu errichten. Leider führt dies manchmal zu Spannungen mit der einheimischen Bevölkerung und trägt zum schlechten Ruf der Uferkratzer bei. Sie werden oft beschuldigt, sich etwas anzueignen, das ihnen nicht gehört, und nicht vertrauenswürdig zu sein.

Die Uferkratzer sind in Clans unterteilt, die alle dem obersten Gesetz des Uferkodex gehorchen. Zu den bekanntesten Clans gehören der Wotan-Clan aus dem Eismeer, der Sindibad-Clan aus dem Sonnenmeer und natürlich der Ruto-Clan, der wichtigste Clan des türkisblauen Meeres.

KAPITEL 4

Ich hab Hunger!
Ich weiß, Schnuckel.
Sie müsste gleich da sein.
Hab Geduld.
Ho!
Da ist sie!!
Mit meinen Cornflakes!
Hallöchen, hallöchen!
Bitte, eure Bestellung!
Meine Rettung!
Plop
He he!

Hier, damit wäre der gesamte Monat bezahlt.
Popp
Tausend Dank!
Danke, Corto!
Bis bald!
Sie funktioniert bestens!
Als wäre der Unfall nie passiert...
Ich hab sogar das Gefühl...
... sie fliegt besser als vorher!
Also ...
Was meinst du?

Hm...
Hm, Hm, Hm...
Das beschädigte Teil wurde durch ein anderes Teil ersetzt.
Die Lötstellen sind sauber verarbeitet.
Das ist die Arbeit eines Uferkratzers.
Jedenfalls...
Wer das gemacht hat, ist ein echter Profi!
...
Haha-ha!
Was hab ich euch gesagt?

Bei uns gibt es keine Diebe!
Sagt mir...
Darf ich sie besuchen gehen?
Huh...
Aber klar!
Am Ende der Straße geht's eine Etage tiefer, dort findet ihr sie auf der linken Seite.
Da stellt ihr euch an!
Wow ...

Ich hätte nicht gedacht, dass hier so viel los ist.
Mehr Trubel als auf dem Fest des Fischkönigs von Auhopu!
Ist das hier immer so?
Der Muschel-Clan müsste heute Nachmittag kommen.
Sie bringen Teile des Kadavers des Titanen mit, den sie entdeckt haben.
Aha...
Das wird unsere Beziehung zu Rudock nicht verbessern. Diese Clans sind wie Hund und Katze.
BIG MOE
Anführer des Ruto-Clans

Und wer weiß, vielleicht ist Rudock mit den Jahren ja sanfter geworden!
Boah, sind wir langweilig...
Aber...
Wir werden uns nicht weigern, ihn zu empfangen!
Sohn!
Bleib wachsam!
Was zum Teufel macht die hier?
Du findest das vielleicht nicht spannend...
... aber auch das gehört zu den Pflichten eines Anführers!
Ja, Vater.
Hier muss es sein...

Wir müssen Geduld haben...
Du kannst zaubern, Mouse!
Ich hab's repariert!
Der Nächste!
Komm gerne wieder, falls er wieder rumspinnt!
War nichts Besonderes!
MOUSE
Tochter von Big Moe und Schwester von Vago, repariert Gegenstände aller Art

Hey!
Ihr seid das!
Wie hat die Drohne funktioniert?
Dann hattest tatsächlich du sie repariert?!
Sie funktioniert einwandfrei, echt unglaublich.
Besser sogar als vorher!
Du hast tolle Arbeit geleistet!
Aaach, das war doch nichts!
Kratz Kratz
Kratz Kratz
Ich fühlte mich schuldig, dass Uferkratzer sie so zugerichtet hatten.
Ich freu mich, dass ihr zufrieden seid.
Tut mir leid, dass ich dich wie eine Diebin verfolgt habe.
Aber wieso bist du davongerannt?
Tut mir leid…
Na ja, da Uferkratzer so einen schlechten Ruf haben…
… hab ich Panik gekriegt!
?!

Das ist der Klumpen, mit dem du uns gestern abgehängt hast!
So was seh ich zum ersten Mal.
Das ist Frog!
Ich hab ihn aus Schrottteilen gebastelt, dank ihm kann ich mein Werkzeug überallhin mitnehmen!
...
...
Wühl
Und das?!
Könntest du so was basteln?
TAP
Und?
Äh ...
Öh...
Könnte ich schon, aber...
... was habt ihr für ein Budget?
1335 Muscheln.
Äh...
Das ist ziemlich unmöglich.
Allein für ordentliche Rotoren wäre das Doppelte nötig.
Und dabei meine ich Einsteigermodelle und gebrauchte Geräte.

Bis dann!
BUMP
?
Danke noch mal für die Drohne!
Ich schul-de dir was!
Selbst für eine ordentliche Batterie müsste man mindestens 2000 Muscheln auf den Tisch legen.
Ganz zu schweigen von all den anderen Dingen, die man für eine Renn-Drohne braucht...
An ein G.EN.I.E. ist nicht mal zu denken...
Ich weiß...
?!
Aha...
Was treibst du hier?

Schön, dass Mouse deine Drohne reparieren konnte...
Wood war etwas hart zu dir.
Apropos...
?
Wood !!
Komm her!
Ja, Vago?
Was willst du?
Entschuldige dich bei der Kleinen.
Hä?!
Was hab ich jetzt wieder getan?
Ich brauch keine Entschuldigung.
Du bist die Type von gestern ...
Ja, also, sorry, hm...
Nichts für ungut, hm?

Brauchst dich nicht zu entschuldigen!
Es war meine Entscheidung mitzumachen...
Ha-ha-ha-ha!!
Prima Einstellung, das mag ich.
Trotzdem war es falsch von ihm, so hart zu einem Kind zu sein.
Glip
Ich bin kein Kind.
Wenn ihr mich jetzt entschuldigt...
Ich muss mich auf ein Rennen vorbereiten.
Ein Rennen? Gegen wen?
Mouse...

Es gehört sich nicht für die Tochter des Clanführers, nach Altöl zu stinken.
Meinst du nicht?
POK
Sieh dich an...
Du hast es überall.
Willst du nicht mal die Hände in den Schoß legen, kleine Schwester?
Ist mir egal...
Corto!
Kommst du?
...
Geh dich waschen...
Wir bekommen heute Nachmittag Besuch, du musst vorzeigbar sein.
Komme...

BIP
DZZ...
Vier Minuten, 36 Sekunden, du bist noch weit von Vagos Zeit entfernt.
Ich krieg langsam Hunger. Wollen wir heim, Corto?
Kommt nicht infrage...
Ich trainiere so lange weiter, bis ich besser bin als er.
Ich werd dem Lulatsch zeigen, wer hier das Kind ist!
Das Blut kommt bei dem nämlich nicht bis nach oben...
Meinst du Vago?
Wen sonst?!

....
...
Sorry ...
Kein Problem!
Ich weiß, dass mein Bruder nervig sein kann.
Aber ...
... er ist kein schlechter Pilot.
...
Du kannst so viel trainieren, wie du willst...
... mit einer Liefer-Drohne wirst du nie gegen ihn ankommen!
Wenn Wood dich problemlos besiegt hat...
... existiert nicht der Hauch einer Chance, dass du gegen Vago gewinnst.
bla bla bla
Aber ich habe über die Drohne nachgedacht, die du bauen willst.
Und ich glaub, ich hab 'ne Idee!

Wir wurden von einem benachbarten Clan herausgefordert.
Mein Bruder hat die Herausforderung angenommen, aber das war, bevor die Drohne zerschmettert ist.
Wood wird ihn ersetzen.
Es geht um viel bei dem Rennen!
Alle Teilnehmer zahlen einen Einsatz und der Gewinner geht mit dem Jackpot heim.
Wenn du gewinnst, hast du genug Muscheln, um deine Drohne zu finanzieren.
Meinst du echt, Corto hat mit ihrer Liefer-Drohne eine Chance?
Nein.
Aber ich kann euch helfen.
Eure Drohne hat eine gute Batterie, sie wird bloß durch den Roboterarm behindert.
Wenn man ihn entfernt, könnten stärkere Rotoren hinzugefügt werden.
Ich könnte mir welche für das Rennen ausleihen.
Wie hoch ist der Einsatz?

2000 Muscheln.
Wenn du gewinnst, bekommst du 6000!
Wir haben nur 1300.
Wo sollen wir die fehlenden 800 in so kurzer Zeit auftreiben?
700...
Ich bekomme immer ein bisschen Trinkgeld ...
Das wär ´ne gute Gelegenheit, es auszugeben.
Warte mal...
CLOC CLOC
Ist das ein Plan deines Bruders und seiner Kumpel, um uns zu zerrupfen?
Natürlich nicht! Das schwöre ich!
Es ist nur so, dass mein Bruder allen Piloten vom Clan Angst macht.
Und, na ja...
Und keiner von ihnen will mit mir ins Team.

Dir scheint er irgend-wie keine Angst zu machen!
Also ...
... meine Bedingung, um euch zu helfen.
Ich will Teil eures Teams werden!

DRONERS MOUSE

SPEZIAL-STECKBRIEF

Alter: 6 Jahre

Vorlieben:
basteln & werkeln, Reparaturdienste, Süßigkeiten

Abneigungen:
Betrüger, Machos, Meeresfrüchte

Mouse kann alles reparieren, und zwar in Rekordzeit... ob sie nun das nötige Material zur Verfügung hat oder mit dem, was sie findet, improvisieren muss.

Sylvain: Obwohl sich der Entwurf von Mouse mit ihrer kleinen blauen Kappe schnell durchgesetzt hat, hatte Bill eine ganze Reihe anderer, wirklich toller Entwürfe vorgelegt. Wir wollten sie alle behalten! Deshalb wurde einer von den alternativen Entwürfen von Mouse verwendet, um die Figur von Max im Anime zu kreieren.

Kapitel 5

Ich hoffe, das klappt heute Abend ...
Die Drillinge haben's anscheinend echt drauf...
Keine Sorge! Wie immer unterschätzt du mich.
Weißt du... Ich hatte einen Renn-G.EN.I.E. wie Vago.
Ich werde nicht mehr lange zweiter Pilot sein.
Na klar, red dir das nur ein...
Schnief
Schnief Schnief
Hey, Mouse?!
Was ist los, meine Große?
Schnief
Schnief
Schnief

Schnief... der... Schnief, Schnief...
Der Hu... Schnief ...
Alles gut, Mouse.
Erzähl mir, was passiert ist.
Es ist...
Es ist der Hund! Schnief ...
Der Hund? Der von Frau Macao?
Der Hund... er... er hat...
Was ist mit dem Hündchen?
Lass mich machen!
Du hast doch keine Ahnung von Kindern.
Hopp! Hab dir die Nase geklaut!
Du kannst nicht mehr atmen!
Aua!
Super, Wood! Tolle Idee!
Bonk

DUGUDU
Was war das?
Das muss 'ne Katze sein, entspann dich.
Alles klar.
Miau!
...
...
Witzige Katze ...
Geht's, Mouse?
Ja.
Schon besser.
Gut.
War also nichts Schlimmes.
FRR
FLICK
FLICK
FLICK

Also, Corto ...
Wie findest du es?
Hier, bitte!
He He He
He He

Prima Arbeit, alle beide!
Ich kenn jemanden, dem das komisch vorkommen wird.
Original-Rotoren, hinten angebracht
Haupt-Rotoren, durch die von Vago geliehenen ersetzt
persönlicher Touch von Corto
Entfernt man den Roboterarm, wird sie leichter.
Damit gewinnst du an Schnelligkeit.
Übrigens...
Könntet ihr vielleicht ...
POCK

Was war ...?!
Au...
Dieser Strand gehört uns!
Verpiss dich, Uferkratzer!
Grr...
Da sind Botai und seine Idiotenbande.
Geht woanders spielen, ihr Vollpfosten!
Nein!
Eine Uferkratzerin hat hier nichts verloren!
Wir verteidigen diesen Strand um jeden Preis!
Feuer!
POCK
POCK
POCK
POC
...

PONK
War's das jetzt, ja?
TAP TAP TAP
Geht's, Botai?
Au ... Au ...
Au, au, au ...
Du benimmst dich wie ein Junge, Corto...
Und damit...
... hab ich das Recht, dich zu hauen!
Yaa!
PAK
Wenigstens hau ich nicht wie ein Mädchen!
SPONK

Wir haben die Streitlustige, Botai.
Lass mich los!
Du hast es nicht anders gewollt, Corto!
Pack
Pack
...
Hast du sonst nichts zu tun?
Da du dich wie ein Junge aufführst...
... mal ich dir einen Schnurbart.
HIN HIN HIN
Die Farbe ist wasserfest.
Das reicht!
Nächstes Mal bringst du keine Uferkratzerin her...
Fitsch
Fitsch
Fitsch

POCK
Prügeln ist echt nicht deine Stärke, mein lieber Enki.
BAMM
Lasst sie in Ruhe!
Ich bin die Tochter von Big Moe!
Und wenn ihr nicht endlich meine Freundin in Ruhe lasst...
...
Ja...?
Äh ...
Nun ...
... dann wird sie euch fressen...

HA HA HA HA
HAHAHA HA
Hältst du uns für blöde?!
WITSCH
Nicht bewegen.
Sonst vermassle ich mein Meisterwerk.
Das wird dir eine Lektion sein!
Botai!
Essen ist fertig, komm!
Ja, Mami!
Komme sofort!
Kann ich mit?
Ich hab auch Hunger.
Du hast Glück, Corto ...

Wir sehen uns wieder...
Wir gehen in dieselbe Klasse, Hohlbirne.
Tut mir leid, Corto...
Wegen mir hast du Ärger...
Hä?!
Das macht nichts!
Wir müssen bis heute Abend fertig sein!
Los, an die Arbeit!

Was machen sie...?
Haben sie kalte Füße bekommen, oder was?
Hm...
Ich frier mir was ab...
Abend!

Sind die Drillinge noch nicht da?
Du bist hier ...
Keine Überraschung heute Abend?
Hey, ich hab mich bereits entschuldigt...
Konnte nicht wissen, dass die Sponsoren auftauchen!
ROMEO
zweiter Pilot von Auhopu
Die Pilotin der Drillinge ist echt heiß!
Ich freu mich auf sie. ♥
Die Drohnen sind dir wohl egal.
Endlich!
Hm ...
Da sind sie!

Die berühmten Drillinge von Omaha.
BRRUR

Bueno, los amigos.
Das Gegaffe ist terminado, das ist sicher claro.
Los, ihr Kokosnüsse.
FRI
Mechaniker der Drillinge
SAN
Pilotin der Drillinge
TRESS
Ingenerd der Drillinge
Bist du bereit, Wood?
Wie immer!
Wow, mega!
Das Rennen kann beginnen!
Wartet!

Ich will auch mitmachen.
Ha-ha-ha!
Die ist die Beste!
Hör zu, Kleine...
Geh woanders spielen.
Das ist ein Rennen für Große.
Enki...
KLOK KLOK KLOK KLOK
2000 Muscheln.
Zähl ruhig nach.
Ich bin nicht zum Spielen hier.
Corto!

Hör auf mit dem Mist, Blödi!
Die machen dich zur Schnecke!
Loopi?!
Hast du keinen eigenen Kram zu erledigen, Loopi?
Wenn die Kleine gerupft werden will, ist das ihr Ding.
Wir werden sehen, wer hier gerupft wird.
HE HE HE
Sicher ist, dass du deinen ganzen Einsatz verlieren wirst!
Hör auf, das störrische Kind zu spielen!
Dieses Rennen ist ein Level zu hoch für dich.
Ich habe mich entschieden.

Und ich werde es dir bewei-sen!
Ich bin eine echte Pilotin!
Hör auf, dich einzu-mischen, Loopi.
Sie wird ihre Lektion lernen.
Lass die Göre ma-chen, was sie will.
Was treibst du hier, Mouse?!

DRONERS VAGO

SPEZIAL-STECKBRIEF

Alter: 19 Jahre

Vorlieben:
Krabben

Abneigungen:
Täuschungen, Meeresfrüchte

Als er ein kleiner Junge war, hatte er wegen seines Halses und seiner Frisur den Spitznamen »Die Giraffe«. Mit der Zeit und nach ein paar Faustschlägen hier und da, wurde der Name nicht mehr erwähnt.

Nicolas: Ich habe schnell gewusst, wie er im Großen und Ganzen aussehen würde, nicht aber seine Fliegerbrille. Ich habe viele verschiedene Dinge ausprobiert, aber er sah immer irgendwie bekloppt aus. Schließlich habe ich mich auf die hier festgelegt. Sie ist etwas kompliziert zu zeichnen, aber es war die einzige, die funktionierte.

Kapitel
6

Was soll das, Mouse?
Du tust dich echt mit den Insulanern zusammen?
Du?!
Die Tochter vom Boss?!
Du bist schuld.
Du hast allen Uferkratzern ausgeredet, mit mir ein Team zu bilden...
Na, Vago?
Ich habe gehört, dass man Kinder ihre eigenen Erfahrungen machen lassen soll.
Carajo!
Ich bin nicht gekommen, um ein Kaffeekränzchen abzuhalten!
Entscheidet euch presto, sonst nehm ich meine Muscheln und ciao!

Ver-schont sie nicht!
Diesmal wird sie ihre Lek-tion lernen, glaub mir.
Lass gut sein, Vago...
Pff...
Es wird ein Rennen mit drei Droh-nen!
Also los!
Das ist mega!
Sind alle bereit?!
Droh-nen in Posi-tion!!!
Schluck
Die Erste, die zwei-mal um die Insel fliegt, gewinnt das Rennen und den Ein-satz!
Wurde aber auch Zeit.

Auf mein Signal !!!
Sie ist ein echtes High-light!
10...
9...
Super, Miki! ♥
KLATSCH KLATSCH KLATSCH
8...
7...
6...

5...

Danke für die Info, Dumpfbacke!
Das ist ein schöner Batzen Geld, der da zusammenkommt.
Keine Gnade, Bro...
4...
Du kannst noch immer das Handtuch werfen.
3...
2...
1...
Wir kriegen den Einsatz, und ich muss Papis Drohne nicht beschädigen.

LOS!!
TCHAK
TCHAK
TCHAK
Sie sind gestartet!
Die Drohnen rasen auf den ersten Checkpoint zu!

Corto hat keine Chance, das ist so lächerlich.
Es reicht nicht, zwei Rotoren hinzuzufügen, um aus einer Liefer-Drohne eine Renn-Drohne zu machen.
Klar, sie ist jetzt schneller, aber selbst wenn sie so gut fliegt wie die anderen, irgendwann wird der Abstand immer größer!
Nicht nötig, sie zu warnen ...
SCHWWW
Die Drohne der Drillinge hat's für ihre Größe ganz schön drauf!
Und die Göre ist auch schneller als beim letzten Rennen ...
Gut...
SHOK
KONK

Ich hoffe, du bist nicht nachtragend...
Vorsicht, Corto!
Er will die Nummer vom letzten Mal wiederholen!

Nein!
Hach
Corto ist aus der Piste geflogen!
Ich muss nur...
... den richtigen Winkel finden...
Jetzt!!

Wow! cool!
Bravo!
Klasse, Corto!
Corto hat super reagiert!
Einen Moment schien es, als sei sie aus dem Spiel, und schwupps, hat sie sich den zweiten Platz geangelt...
... und Wood beim Vorbeirauschen etwas Staub fressen lassen! Das war sicher mal nötig.
Und San ist immer noch in Poleposition!

San geht mit riesigem Vorsprung in den Slalom!
Auch Corto erreicht ihn!
Wood ist ihr direkt auf den Fersen!
Er überholt sie auf der Innenseite.
Hä?!
Wie schafft er das nur?!

Los, Corto!
Wood packt den Slalom besser als Corto und vergrößert den Abstand!
Er holt sogar seinen Verzug gegenüber San auf.
San hat den Slalom hinter sich!
...
Da bist du ja!

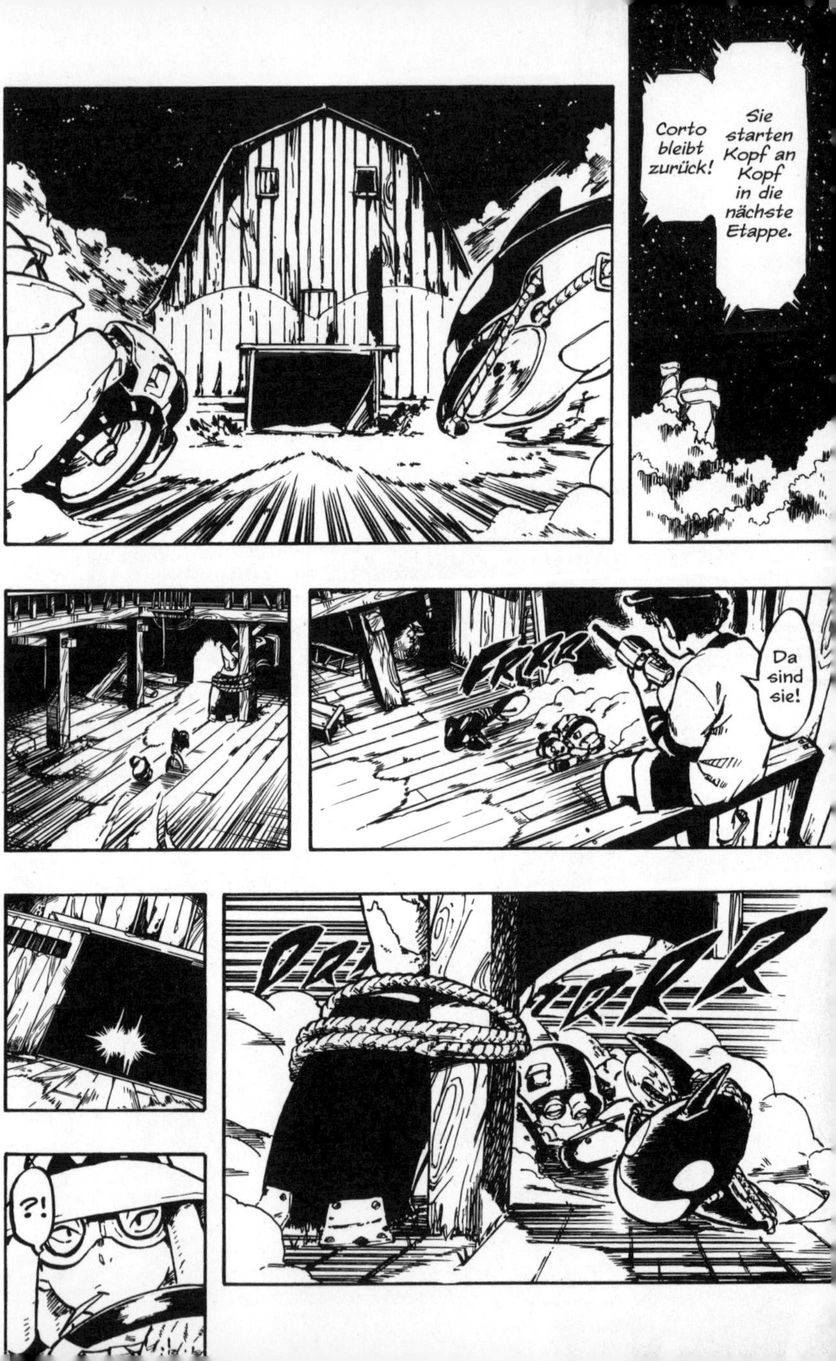

Sie starten Kopf an Kopf in die nächste Etappe.
Corto bleibt zurück!
Da sind sie!
?!

Ach ...
du ...
Sch ...
FWOSH
Doch das Rennen Richtung Vulcan geht weiter!
Beinah wär´s zu einem dreifachen K. o. gekommen!
Sie wären beim Verlassen der Scheune fast zusammengestoßen!

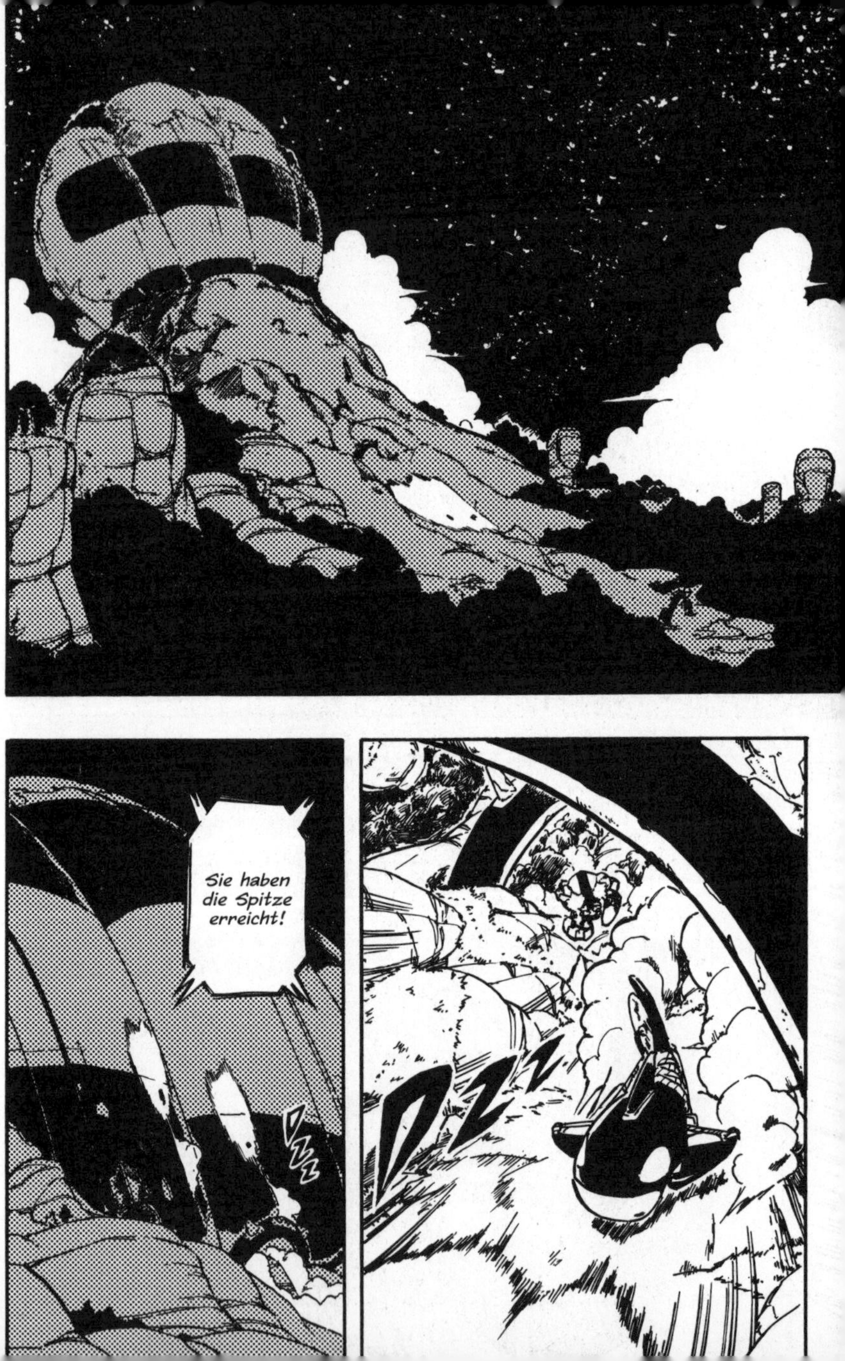
Sie haben die Spitze erreicht!

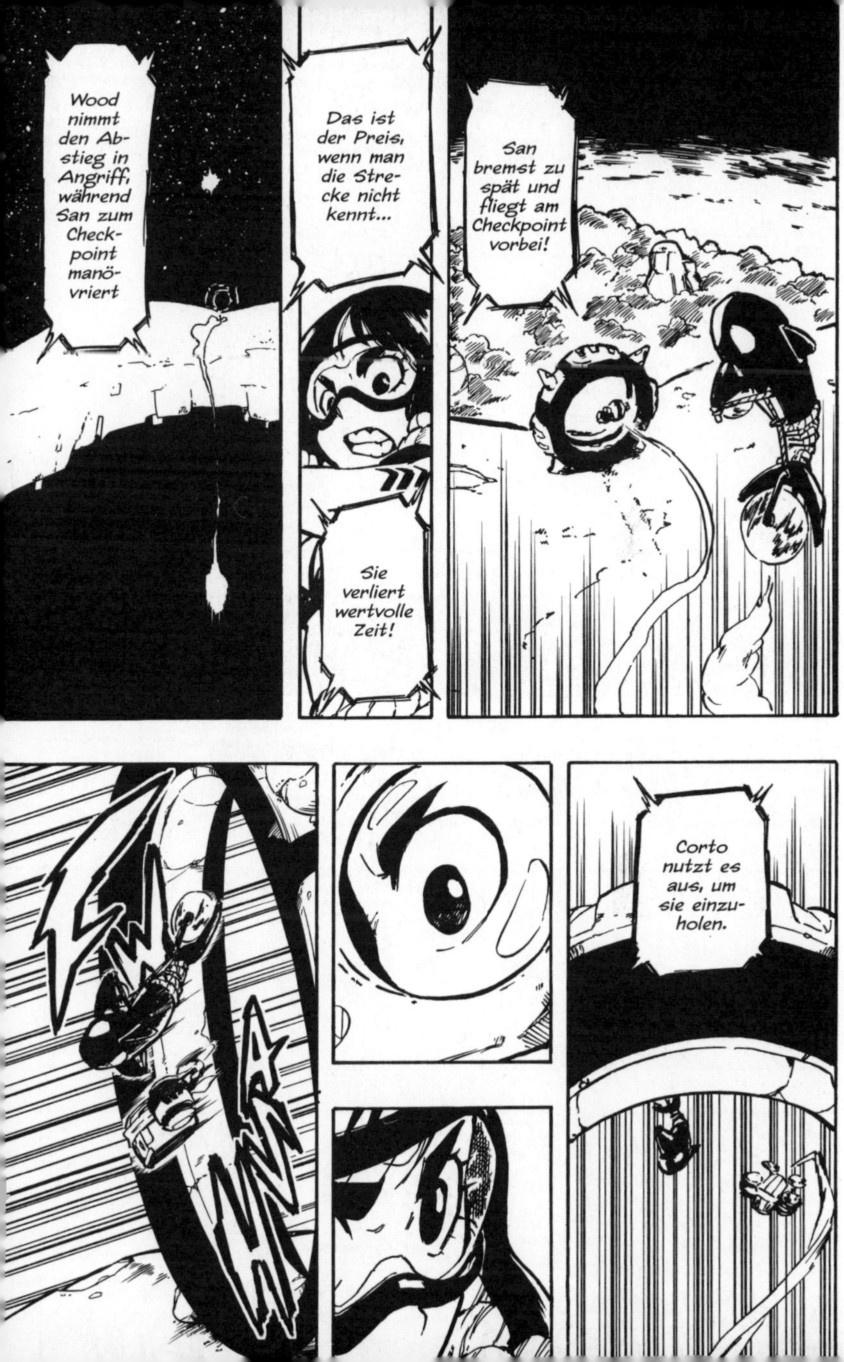
Wood nimmt den Abstieg in Angriff, während San zum Checkpoint manövriert
Das ist der Preis, wenn man die Strecke nicht kennt...
Sie verliert wertvolle Zeit!
San bremst zu spät und fliegt am Checkpoint vorbei!
Corto nutzt es aus, um sie einzuholen.

Die Drohnen schießen durch den Wald!
Sie sind gleichauf!
Wir kommen nicht gleichzeitig durch, du Wurm!
Lass mich zuerst, du Vollpfosten!

!!!
Carajo!
Wir haben ein Pro-blem!

DRONERS
LOOPI

SPEZIAL-STECKBRIEF

Alter: 16 Jahre

Vorlieben:
Kaugummi kauen, Oirahi (Hauptstadt von Tuamotu)

Abneigungen:
Autoritäten

Bevor Loopi vor ein paar Jahren zum ersten Mal Vago besiegte, waren immer Uferkratzer Champions von Nuï gewesen.

Nicolas: Wie Vago wurde auch diese Figur für den Manga geschaffen, und bis zur allerletzten Version des Skripts war Loopi ein Junge. Sie trägt ein Kazaguruma im Haar. Ich habe mir einen gebastelt, um ihn leichter zeichnen zu können, aber das Ergebnis ist etwas ungeschickt, was auch für ihren Kazaguruma gilt.

Kapitel
7

Die zwei Pilotinnen sind in Schwierigkeiten.
San scheint mehr schlecht als recht die Kontrolle über ihre Drohne zu haben.
Corto stattdessen fliegt im Zickzack!
Ich halt kurz an, Leute!
Kannst du sie zurückbringen?
N-Nein!
Ich werde abstürzen!
Halte ...
... durch!
Ich probier was!
!!!
Okay!
Etwas schleppend, aber es ist wendig.
Hab die hinteren Rotoren geblockt, das Problem kam von einem der beiden.

Wood beendet gleich seine erste Runde!
Er beginnt die zweite mit einem netten Vorsprung!
Ich seh mal, was ich machen kann!
Halt am Ende der Runde kurz an...
Da bin ich, meine Lieben!
Wohin des Wegs, Loopi?
Mach hin, du Esel!
Man kann nicht schneller als schnell sein.
Hopp!
Bewegung, ihr Pflaumen!
CHOP
Was hab ich di...
Und, Mouse?

Es ist eines der rechten Rotorblätter!
Die Kante ist schief, das muss korrigiert werden.
Wir müssen es auswechseln!
Denkst d...?!
Wir arbeiten mit dem, was wir haben!
Enki, montier den Motor ab.
Roger!
Du siehst doch, dass du die Kleine stresst.
Ich müsste nicht so brüllen, wenn ihr eure Hintern bewegen würdet.
PONK
FUMMEL
WERKEL
Braucht ihr Hilfe?
Plop
?
Was spielst du?
Du lieferst gerade keine Bestellung für deinen Vater aus, soweit ich weiß.
Hör also auf, dich wie eine Lieferantin zu verhalten...

... und flieg dieses Rennen wie eine echte Pilotin!
Nun mach schon!
...
Corto!
Hol dir diesen Uferkratzer!

Corto macht sich an die Verfolgung von Wood!
Trotz ihres Abstandes lässt sie nicht locker!
Lasst endlich gut sein!!
Ich hol ihn nicht mehr ein, ihr Nulpen!
Ich Dummkopf!
Ich bin es so gewohnt, Lieferdrohnen zu steuern...
... dass ich nicht mal dran gedacht habe, meinen Flugstil anzupassen.
Hast du sie getröstet?
Wenn es von dir kommt, freut sie sich bestimmt.
Meint sie, sie hätte eine Chance?
Hier greif ich von außen an und verlangsame etwas.
Dann nehme ich die Kurve so glatt wie möglich...
... um die Ware nicht zu beschädigen.
Doch diesmal ...
... transportiere ich keine Eier!

Viel besser.
Richtig stark!
Hey!
Jaaa!
Super, Corto!
Man könnte denken, sie hat beim Boxenstopp einmal aufgetankt.
Sie macht den Slalom doppelt so schnell wie in der ersten Runde!
Wow!
Was hast du ihr gesagt, Loopi?

Du hast immer noch viel Vorsprung, keine Panik.
Ihre viel aggressivere Steuerung ermöglicht ihr, Wood einzuholen!
Umpf.
Denkst du, ich mach mir Sorgen?
Schade, dass sie nicht von Anfang an so geflogen ist...
... dann hätte sie eine Chance gehabt.
Hau rein, Corto!
Bin nah dran ...
Wood ist an der Spitze des Berges angekommen!
...

Wood nimmt sich den Abstieg vor...
... und macht sich auf den Weg in den Wald!
Er ist in seinem Element!
Ein Spaziergang für ihn!
Gut!
Er hat Punkt 24 passiert!

Da ist sie!
Unglaublich!
Corto hat den Abstand verkleinert!
Sie klebt ihm an den Fersen!

Ver-
dammt!
Wenn
du glaubst,
du kommst
vorbei...
... hast
du dich ge-
schnitten,
Göre!

Geschafft!
Na also!
Corto ist an der Spitze!!
Unfassbar!
Aber freu dich nicht zu früh, Jon.
Miesepeter!
Enki!
Wir haben keine Wahl, wir müssen es versuchen!
Halt dich bereit!
O... Okay.

Corto kann ihre mangelnde Geschwindigkeit nicht mehr durch Geschicklichkeit ausgleichen.
Ich mein's ernst!
Bis zum Ende des Rennens ist es eine gerade Linie...
Da! Sie kommen aus dem Wald!
Corto ist noch vorne!
Alle reden von der Pilotin...
Aber ist nicht die Mechanikerin supersüß?
...
Sei realistisch.
Durch deinen Optimismus wird die Drohne auch nicht schneller!
Es sind genug Checkpoints übrig, um den Abstand zu vergrößern.
Zieh keine voreiligen Schlüsse, Cloe.
Aber ich weiß, wer das dennoch nicht als einen Sieg sehen wird.
Cloe hat recht.
Corto wird das Rennen nicht gewinnen.
Weiß ich selbst, verdammt!
Keine Panik, Wood!
Du schießt auf der Geraden vorm Ziel an ihr vorbei.

Sie sind am letzten Checkpoint vorbei!
Jetzt trennt sie nur noch eine gerade Linie vom Ziel!
Ich reiß dich in Stücke, Rotznase!
Komm doch!
Wood holt sie mit krasser Geschwindigkeit ein!
Bereit, Enki?
Bereit.
?
Warum hol ich sie plötzlich so schnell ein?
Verlangsamt sie etwa?
Los!!!
TAK
CLAC

Hä?!
Was soll...?!
Corto klammert sich an Woods Drohne !!!
Ist das ein Scherz ?!
Äh... Nein.
Was treibt sie für ein Spiel?
Wood wird seine Drohne wie eine Mücke zerquetschen.
Fies-linge!

Um den Arm zu benutzen, mussten sie die Rotoren entfernen...
... doch da sie vorher an Woods Drohne befestigt waren, hatten sie natürlich dieselbe Geschwindigkeit.
Sobald sie also erneut switchen...
Gib Gas, Enki!
Alles klar!
Das wird der reinste...
... Turbo!
Danke fürs Rennen!

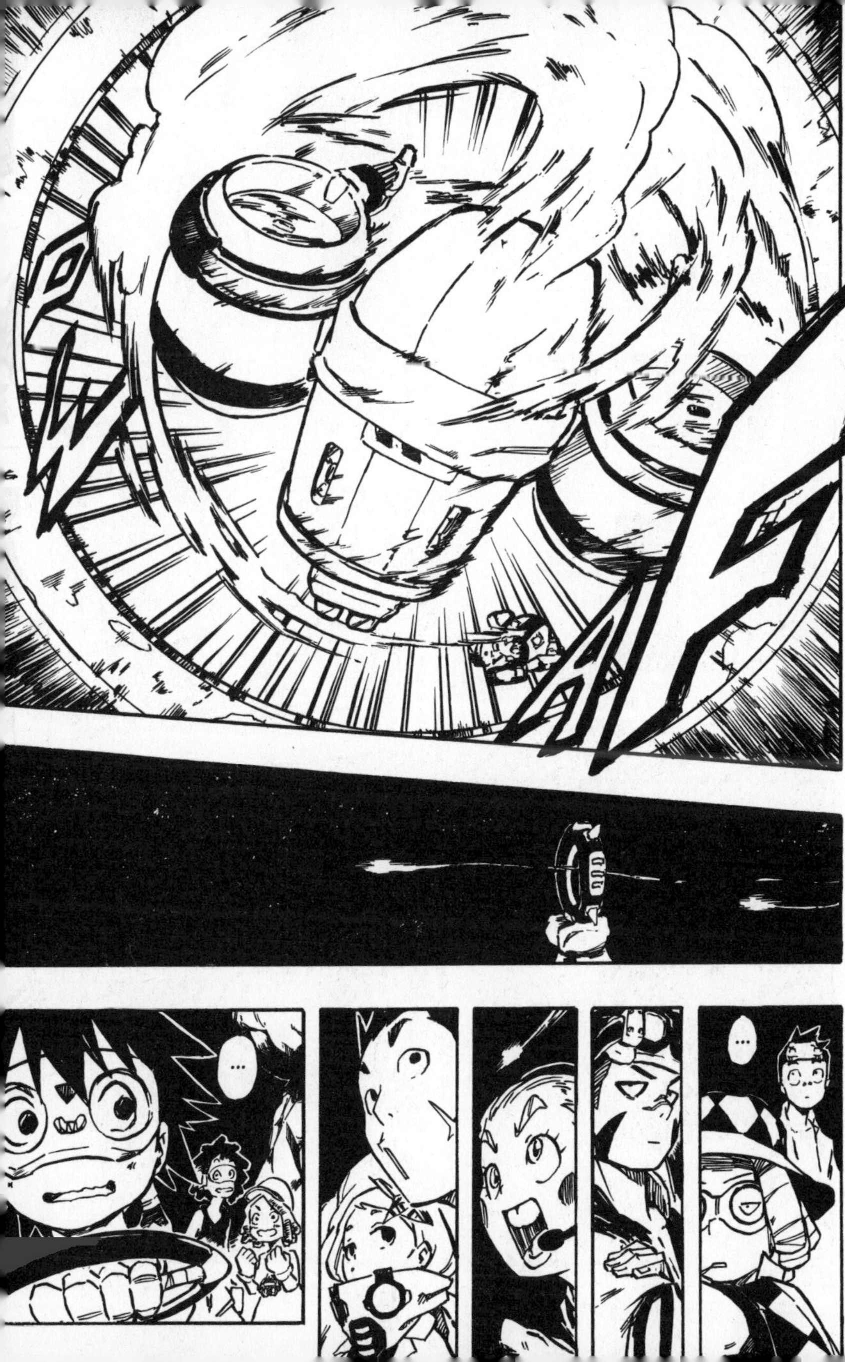

Corto hat ge-
wonnen!!!
Yeah!
Vor-
sicht, die
Drohne!
DZUU
...
Ich hab
gegen ein
Mädchen
verloren...
Das
war
knapp
...
... Corto.

Loopi! Ich...
... hab deinen Rat befolgt!
Das war ein tolles Rennen.
Jetzt bist du eine von uns!
Eine Pilotin von Nuï.
Grrr
Wollte kurz Hallo sagen.

DRONERS DIE G.EN.I.E.S

SPEZIAL-STECKBRIEF

Whale-Turm mit einem G.EN.I.E. der ersten Generation: Taoraa

Die intelligenten und empathischen Energiegeneratoren, in Kurzform G.EN.I.E.s genannt, sind die größte Erfindung von Wyatt Whale. Sie sind eine intelligente und zu 100 % organische Energieform, die der Bevölkerung von Terraqua nach dem großen Kataklysmus den Weg aus der Finsternis geebnet hat.

Die G.EN.I.E.s können in jeden Apparat eingebaut werden, um ihn mit Energie zu versorgen, sofern er über die entsprechenden Geräte verfügt.

Die vor über 60 Jahren erfundenen G.EN.I.E.s haben sich in Bezug auf Effizienz und Miniaturisierung stark weiterentwickelt. Während die erste Generation der G.EN.I.E.s riesengroß sein musste, um ganze Inseln zu versorgen, gibt es heute persönliche G.EN.I.E.s, die in eine einfache Drohne passen. Das ist auch bei den Renn-G.EN.I.E.s der Fall.

Wie ihr Name schon sagt, sind G.EN.I.E.s intelligent und empathisch, es sind echte Individuen und keine banalen Generatoren.

Renn-G.EN.I.E. Franken

Kapitel 8

Wir haben ihn wieder zum Laufen gebracht, aber schlechter als sonst.
Wir werden unsere Leute bitten müssen, sich für eine gewisse Zeit einzuschränken.
Wie lange ist »eine gewisse Zeit«?
Wenn wir Originalteile auftreiben, könnten wir ihm eine zweite Chance geben...
Doch dafür bräuchten wir eine Menge Glück...
Wir könnten sie morgen finden, oder auch erst in einem Jahr.
Krick
Krick
Ich bin verwirrt.
Ich bereite euch ziemliche Sorgen.

Absolut.
Vater!
Jetzt sind wir an der Reihe, uns um **dich** zu kümmern...
Du hast uns so viel gegeben...
Mach dir keine Sorgen, alter Freund.
Taor...
Hallo, mein Großer.
Guten Tag, Frau Bürgermeisterin.
Was ist, Vago?
...
Na, mein Alter?
Du scheinst mir nicht gerade topfit zu sein.
Vago... Franken... Ich freue mich, euch zu sehen.
Es stimmt.
Was wolltest du mir sagen?
Etwas Haltung, Sohn.
PAF

Rudock hat mit der Vergeltung begonnen.
Er hat am Eingang zu unserem Territorium ein Lager errichtet.
Der verrückte Alte hat sich kein bisschen verändert.
Gehen wir also...
Alles zu seiner Zeit...
Du bist jetzt eine von uns...
... eine Pilotin von Nuï.
Waaah!!
Sie ist soo cool!
Es ist zwei Wochen her.
Komm mal drüber hinweg.
Trotzdem zu teuer!

Die haben keine Ahnung von den Marktpreisen!
Amateurbande!
In diesen Kleinanzeigen werden wir nie finden, was wir brauchen...
Jedenfalls nicht zu einem vernünftigen Preis.
Hm...
Wir müssten in die Hauptstadt reisen...
Dort gibt's 'ne Menge Gebrauchtwarenläden.
Leider lässt mich mein Vater keinesfalls alleine hin ...
Von meinem ganz zu schweigen...
TUUUUU
TUUUU
Oh!

Sie ist zurück!
Hoffentlich sind die Tests gut gelaufen...
Wenn Teach-Tech seine Entscheidung neu überdacht hat, wird sie schwer enttäuscht sein.
Lass uns ihren Gesichtsausdruck prüfen...
Sie sieht enttäuscht aus...
Wir müssen cool bleiben.
...
tack
Na gut.
So viele Leute.
Wir sind nicht sehr weit gekommen.
Sieht sie glücklich aus?
Weiß nicht...

!
!
Ting!
Ich wusste es!
Du bist die Beste!!!
WAA
Lass mich runter, du Ochse!
Niemals!
Eine Sponso-Pilotin verdient 'nen triumphalen Auftritt.

Dürfen wir solche Dinger echt benutzen?
Sie wollen es so.
Allein einer dieser Rotoren ist mehr wert als alles, was in unserer Drohne steckt!
Eine Batterie und Renn-Rotoren von Teach-Tech...
Wow ...
Seht mal, was ich hier drinnen habe.
Pluff
...
Gut...
Wie geht's, Corto?
?
...
Richtig?
Besser, als Sorgen zu verbreiten.
Danke, Loopi...
Du bringst viel Freude auf diese Insel...
Ich muss Ihnen etwas sagen.
Sie kommen gerade richtig, Lucie...

Macht Platz für die neue Teach-Tech-Pilotin!
In Ordnung.
Erzähl mir später alles.
Vorwärts! Zurück ins Dorf!!
Das muss dem ganzen Dorf verkündet werden!
Wie kommst du darauf, Corto?
Brauchst mir nichts vormachen, ich weiß alles!
Warum akzeptierst du eigentlich immer die Opfergaben, wenn du sie gar nicht essen kannst? Ist das nicht frustrierend?
Ich hab mich gefragt, Taoraa...

Ich hab gesehen, wie die Bürgermeisterin sie am frühen Morgen aufgesammelt hat.
Erwischt.
Aber ehrlich gesagt...
... es war nie so, wie du denkst.
Als Herr Whale mich auf dieser Insel installiert hat, hielten mich ihre Einwohner für eine Art Gott.
Ich habe versucht, ihre Opfergaben abzulehnen.
Doch dann begriff ich, dass ich sie dadurch...
... einer viel wertvolleren Sache berauben würde.

Morgen versammeln wir alle Inselbewohner.
Diese Entscheidung liegt nicht bei mir.
Kra
Kra
Verstehe.
Sogar die Uferkratzer sind da...
Passiert selten, dass die Älteste uns zusammenruft.
Hoffentlich ist es nichts Schlimmes.
Weißt du, worum's geht, Paps?
Ich weiß auch nicht mehr als du.
Wir werden sicher aufgefordert, die Insel zu verlassen...
Mach darüber keine Witze!

Sperrt eure Oh-ren auf!
Die Älteste von Nuï spricht zu euch.
Danke, Moe.
Gerne.
Wir hören...
Liebe Bewohner von Nuï...
Der Grund, weswegen ich euch heute ver-sammelt habe...
... ist eine Entscheidung, die uns alle betrifft.
Ob ihr Uferkrat-zer seid...
... oder Einwoh-ner von Auhopu.

Bei dieser Entscheidung geht es um...
Ich übernehme.

Teach-Tech hat uns ein Angebot gemacht.
Sie schlagen uns einen nagelneuen Generator vor, um unsere Insel zu verbessern.
Er würde all unsere Energiebedürfnisse decken.
Es wäre endlich Schluss mit Einschränkungen und wiederholten Ausfällen.
Teach-Tech schlägt uns diesen Handel vor...
... im Tausch gegen Taoraa.

Ich bin längst nicht der Einzige, der viele Waren verloren hat.
Wir müssen pragmatisch sein.
Ich habe wegen des letzten Ausfalls meinen gesamten Fang verloren!
Wir alle lieben Taoraa...
Taoraa ist die Seele dieser Insel. Das kann nicht dein Ernst sein!
... dann müsst ihr das Lager abbrechen und eine neue Insel finden.
Ich schätze, ihr habt bereits einen Plan B.
Doch sollte es euch nicht gelingen...
Diese Situation ist nur vorübergehend.
Unser ganzer Clan ist auf der Suche nach nötigen Ersatzteilen.
Wenn nicht noch mehr!!
Uns liegt die Insel genauso am Herzen wie euch!!
Zügle deine Zunge!!
HEPP
Nimm deine schmutzigen Finger von ihr ...
Vago!!

POF
Ptuh!
Ver-
dammt!
Hat
gutgetan,
dir mal eine
zu langen!
Wie
wär´s,
wenn du
aufhörst,
den Helden
zu spie-
len?
Auf
die Art be-
kommst du
sie sicher
nicht!
Halt's
Maul!

!
Blöd-
mann!
Wo
willst
du hin?
Was
ist hier
los?
Wenn
das so wei-
tergeht...
Beruhigt
euch!!

Hört auf, euch wie Tiere zu benehmen!
Wir regeln das so, wie wir es am besten können...
Mit einem Duell!
Ich bin die Pilotin der Veränderung.
Die, die Taoraa behalten wollen, sollen ihren Champion wählen!
Nun, wenn er nicht kneift...
... steht unser Champ schon fest.

FORTSETZUNG FOLGT...

DRONERS DIE DROHNEN

SPEZIAL-STECKBRIEF

Die Drohne, die Zeitungen ausliefert, ist aus der gleichen Serie wie die Drohne von Corto, doch diese funktioniert noch immer mit einem G.EN.I.E.

POSTI

Dies ist eine von Whale entwickelt Serien-Drohne, die anfangs dank eines G.EN.I.E.s funktionierte. Die Drohne, die Corto benutzt, wurde von den Uferkratzern mit einer normalen Batterie zusammengeflickt und schließlich von Cortos Vater gekauft, um die Lieferungen für seinen Lebensmittelladen zu tätigen.

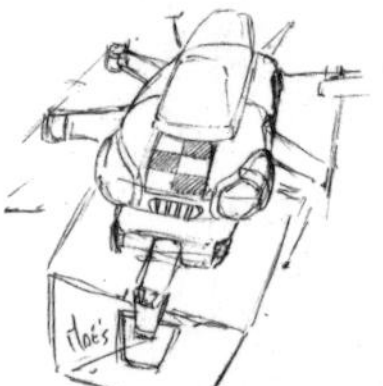

Die Grundidee war inspiriert. Das endgültige Design weicht ziemlich davon ab, doch die ursprüngliche Idee kann man noch erkennen.

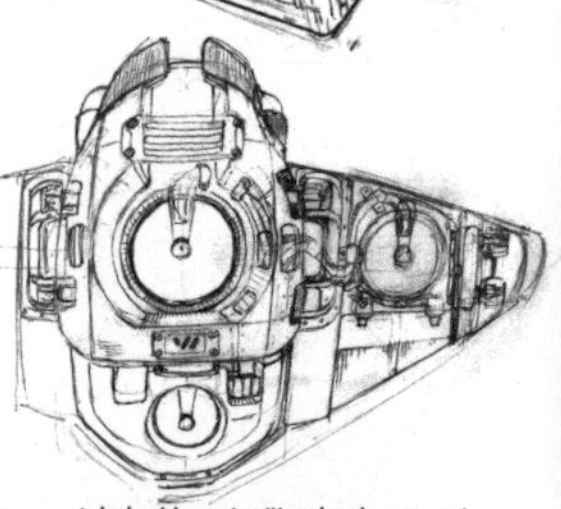

RAMA

Funktioniert mit einem G.EN.I.E., wurde von Whale jedoch nie entworfen. Das Design ist von Neitha, dem Ingenerd der Uferkratzer.

Es war eine Idee von Sylvain, Vago eine Drohne in Form eines Mantarochens zu geben. Das war eine klasse Idee, denn die Form passt tatsächlich gut zu der Drohne, daher fiel die Entscheidung für das Design ganz leicht.

Ich hatte mir überlegt, es sei eine ganz gute Idee, auch die Unterseite der Drohne zu zeigen. Doch es hatte nicht viel Sinn, da ich in der Geschichte versucht habe, das Zeichnen der Unterseite zu vermeiden. Ich frage mich echt, wieso ich diese Skizze so kompliziert gestaltet hatte.

DRONERS

SPEZIAL-STECKBRIEF

HULI

Sein moderneres Ausse- hen rührt daher, dass Cloe, Ingenerd des Auhopu-Teams, Zugang zu den modernsten Geräten der Universität hat.

Erste Version von Loopis Drohne… Na ja…

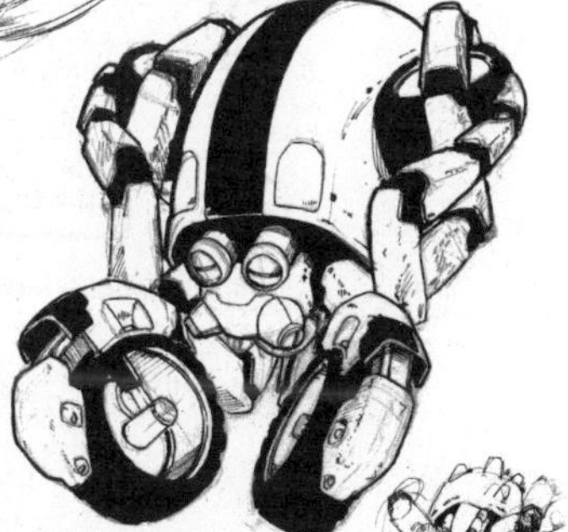

BULLY

Auch diese Drohne wurde von Vagos Team entworfen. Sie ist ein Schwergewicht, damit sie andere Drohnen aus der Bahn werfen kann.

Ich wollte, dass sie wie ein Einsiedlerkrebs aussieht, doch es war ziemlich kompliziert, das passende Design zu finden. Ich habe Unmengen an DIN-A4-Blättern mit misslungenen Skizzen, die das beweisen.

NOVE

Seine Bewegungen ähneln aufgrund des hinteren Rotors denen eines Fisches. Nur San ist in der Lage, sie zu steuern.

Danke, dass ihr diesen Manga gelesen habt und bis bald mit Band 2!

Danke an Sylvain, dass er mich in dieses Projekt mit reingenommen hat. Als Timothee mir »Droners« zeigte, war ich schockverliebt und ich freu mich, zugesagt zu haben!

Danke auch an die gesamte Truppe von Kana! (Originalverlag)

Ein riesengroßes Danke an Thibaud, der mir bei diesem Band geholfen hat!

Da ich im traditionellen Stil arbeite und wir nicht in der gleichen Stadt wohnen, mussten wir ein wenig improvisieren. Er hat mir geholfen, eine ganze Menge Zeit zu sparen!

Danke, Thibaud, für all deine Mühe!

Glückwunsch zu diesem ersten Band!
Es ist mir eine Ehre, ein wenig dessen Realisation beigetragen zu haben!

Danke für alles! :D

Haru

Hey!
Merkst du nicht, dass du in die falsche Richtung blätterst?
Husch! Weg! Verschwinde hier!

SYLVAIN DOS SANTOS

Szenario

Ich war schon immer ein großer Fan von MECKAZ, und als Kana mir mitteilte, dass ich mit Nicolas David an dem Manga DRONERS zusammenarbeiten würde, war ich begeistert.
Aber ich hatte keine Ahnung, wie sehr ich dieses Abenteuer tatsächlich lieben würde. Corto, Mouse, Enki, Terraqua, die G.EN.I.E.s, die Ufer-Kratzer ...
Ich lebe seit fast vier Jahren jeden Tag mit ihnen zusammen und doch werde ich jedes Mal, wenn ich die Seiten des Mangas Kapitel für Kapitel entdecke, zum bloßen Beobachter. Ich fiebere mit, ich lache dabei... Ich liebe es einfach. Ich hoffe, dass das Lesen unseres Mangas bei euch genauso viele Emotionen auslöst wie bei mir.
Danke, Nicolas.

NICOLAS DAVID

Szenario und Zeichnung

Immer wenn ich zeichne und mich dabei auf das fokussiere, was ich tue, strecke ich wie ein kleines Kind die Zungespitze aus dem Mund. Ich dachte immer, dass das sicher so ist, weil ich mich dann einfach besser konzentriere.

Probiert es mal selber aus, im Unterricht oder bei der Arbeit, sicher wird es euch ähnlich gehen.

Hoffentlich habt ihr in Nui eine schöne Zeit.
Vielen Dank an Sylvain und Kana, dass ihr mir dieses Projekt anvertraut habt!

Carlsen Manga! News – jeden Monat neu per E-Mail! • www.carlsenmanga.de • www.carlsen.de

Redaktion: Anne Berling • Textbearbeitung: Wiebke Lück • Produktionsmanagement: Björn Liebchen • Alle deutschen Rechte vorbehalten • ISBN: 978-3-551-80259-0

MIX
Papier | Fördert gute Waldnutzung
FSC® C083411

Wir produzieren nachhaltig
• Klimaneutrales Produkt
• Papiere aus nachhaltigen und kontrollierten Quellen
• Hergestellt in Europa

HALT!

DRONERS

ist eine Serie in japanischer Leserichtung, und in Japan wird von »hinten« nach »vorne« umgeblättert von rechts nach links gelesen, wie in der Grafik gezeigt. Schlag den Manga also auf der anderen Seite auf und starte mit Corto ins Abenteuer.

Guten Flug!